D1280497

Nous remercions le ministère du Patrimoine canadien,
la SODEC et le Conseil des Arts du Canada
de l'aide accordée à notre programme de publication

Patrimoine   Canadian
canadien   Heritage

SODEC
Québec ⁼⁼

Conseil des Arts   Canada Council
du Canada   for the Arts

ainsi que le gouvernement du Québec
– Programme de crédit d'impôt
pour l'édition de livres
– Gestion SODEC.

Nous reconnaissons l'aide financière
du gouvernement du Canada
par l'entremise du Programme d'aide au développement
de l'industrie de l'édition (PADIÉ) pour ce projet.

Illustré par:
Fanny

Montage de la couverture:
Ariane Baril

Édition électronique:
Infographie DN

Membre de l'Association nationale des éditeurs de livres

ASSOCIATION
NATIONALE
DES ÉDITEURS
DE LIVRES

Dépôt légal: 3e trimestre 2009
Bibliothèque nationale du Canada
Bibliothèque nationale du Québec

234567890 IML 09

Copyright © Ottawa, Canada, 2009
Éditions Pierre Tisseyre
ISBN 978-2-89633-121-5
11343

LE CHEVALIER DE TROIS-CASTORS

• Série Jérémie •

DE LA MÊME AUTEURE
AUX ÉDITIONS PIERRE TISSEYRE

Collection Sésame, série « Jérémie »
1. *Kaskabulles de Noël,* roman, 1998.
2. *Une araignée au plafond,* roman, 2000.
3. *Jérémie et le vent du large,* roman, 2003.
4. *Un été dans les galaxies,* roman, 2005.
   Sélection Communication-Jeunesse.
5. *Le voyage secret,* roman, 2007.

Collection Papillon
« L'aiyagouk ensorcelé », conte dans le collectif de l'AEQJ
   Les contes du calendrier, 1999.
Odyssée troublante à la pointe claire, roman, 2008.

Collection Conquêtes
« Nordik express », nouvelle dans le collectif de l'AEQJ
   Entre voisins, 1997.
Le cri du grand corbeau, roman, 1997.
   Sélection Communication-Jeunesse.
« Les foufounes blanches », nouvelle dans le collectif
   de l'AEQJ *Petites malices et grosses bêtises,* 2001.

Catalogage avant publication
de Bibliothèque et Archives nationales du Québec
et Bibliothèque et Archives Canada

Sauriol, Louise-Michelle

   Le chevalier de Trois-Castors

   (Collection Sésame ; 115. Roman)
   (Série Jérémie ; 7)
   Pour enfants de 6 à 9 ans.

   ISBN 978-2-89633-121-5

   I. Fanny II. Titre III. Collection : Sauriol, Louise-Michelle.
   Série Jérémie ; 7. IV. Collection : Collection Sésame ; 115.

PS8587.A386C53 2009   JC843'.54   C2009-940753-1
PS9587.A386C53 2009

LOUISE-MICHELLE SAURIOL

LE CHEVALIER
de Trois-Castors

roman

**ÉDITIONS
PIERRE TISSEYRE**
www.tisseyre.ca

9300, boul. Henri-Bourassa Ouest, bureau 220
Saint-Laurent (Québec) H4S 1L5
Téléphone: 514-335-0777 – Télécopieur: 514-335-6723
Courriel: info@edtisseyre.ca

*Aux futures princesses
et aux futurs chevaliers
Eva, Érika, Clara-Maude,
Gabriel, Sacha et Thierry.*

UN JOYEUX DÉPART

Je rêvais d'aller voir mon amie Sandrine dans sa nouvelle maison. Enfin, j'y suis presque! Me voilà en route pour Trois-Castors avec papa. Il va me déposer chez elle en voiture. Ensuite, il doit filer à un congrès non loin de là.

Depuis qu'on est partis, j'ai envie de chanter, de sauter, de dessiner des portraits de Sandrine dans l'air! Mais je me tiens aussi tranquille qu'un lézard au soleil. Même s'il pleut. Sourire aux lèvres, je regarde la ville s'éloigner sans broncher. Une fois à distance, je lâche sans retenue:

— C'est un adon du tonnerre, ta réunion près de chez Sandrine! Ça tombe sur une journée péda-gogique, en plus. J'ai hâte d'être rendu!

— Tu m'as répété la même chanson au moins vingt fois depuis hier, Jérémie, réplique papa sur un ton taquin. Mais tu ne m'as rien dit de vos projets. Qu'allez-vous faire toute la journée?

Un lourd silence s'installe entre nous. Papa ne comprend pas: le plaisir, c'est de retrouver mon amie.

Ce qu'on fera, je m'en balance autant que du dernier radis que j'ai mangé!

— Écoute! insiste-t-il. Vous devez bien avoir une idée. On annonce du mauvais temps. Avez-vous pensé à des activités d'intérieur?

À vrai dire, Sandrine m'a proposé un jeu : les échecs. Pour un joueur de hockey comme moi, ça promet d'être ennuyeux en grosse bibitte! Juste le mot me donne envie de bâiller ou de taper du pied.

Comme papa semble exiger une réponse, je déballe sans enthousiasme l'invitation de mon amie.

— Sandrine veut me montrer à jouer aux échecs...

— Génial! Tu pourrais participer à des tournois, une fois initié au jeu. Dans mon temps...

Voilà mon père parti sur le sujet. Je me bouche discrètement les oreilles. Des tournois disputés assis, collé à une chaise, je ne veux rien savoir. Non merci! Dans mon impatience, j'étire les jambes, remue sur mon siège, tourne la tête de côté. Un cri pointu écorche soudain nos tympans.

— Qu'est-ce que c'est? demande papa, alerté. Pas encore ta chatte! Tu en as, du culot, mon Jérémie!

— Picolette ne prend presque pas de place. En plus, le gros matou de Sandrine a mal à une patte. Il ne va pas l'attaquer.

— Sauf que ta chatte a toujours le nez fourré partout! Les pièces du jeu d'échecs vont l'exciter. Elle va gâcher vos parties.

Je l'espère bien! Mais ça, je ne vais pas le dire à Luc, mon père. Je dégage la minette des profondeurs de mon blouson et réponds sans conviction:

— Je saurai la dompter !

— Tu me raconteras ça en revenant, mon ami !

Quand mon père m'appelle « mon ami », ça sent le roussi ! La discussion est sur le point de s'enflammer. Par prudence, je ravale mes arguments.

Assise sur mes genoux, la chatte se tient tranquille. Elle renifle l'air du matin, puis s'étend de tout son long. Son énergie, elle la garde pour plus tard… Moi aussi!

2

L'ÉTRANGE SALLE D'ARMES

La voiture à peine arrêtée, je détache ma ceinture et ouvre la portière. Quelle curieuse maison! Avec ses vieilles pierres, on dirait un mini-château. Mon amie sort déjà de chez elle et m'annonce:

— Jéri! J'ai hâte que tu voies notre invention. C'est fantastique!

Youpi! Elle a oublié les échecs! Je ramasse mon sac à dos, embrasse papa et m'élance à la rencontre de Sandrine.

Ma copine continue ses propos exaltés:

— Tu n'en reviendras pas! Ça concerne le jeu d'échecs.

Ah non! Déçu, je laisse tomber mon sac par terre. Papa me fait un clin d'œil. La mine réjouie, il démarre sa voiture en disant:

— Amuse-toi bien!

Le vilain! Il me croit condamné aux échecs pour la journée. Peut-être pour la vie! C'est ce qu'on verra. Je reprends mes affaires et souffle à l'oreille de la chatte:

— À toi de jouer, Picolette! Sauve-moi!

Je cours vers Sandrine qui danse à présent sur le perron. Avec sa jupe mauve pâle et sa chemisette rose à paillettes, elle ressemble à une princesse. Elle s'est même fabriqué une couronne de fleurs de papier ! La princesse m'envoie un tout petit bisou et disparaît à l'intérieur.

— Suis-moi par ici ! crie-t-elle ensuite, de l'entrée d'un couloir sombre. C'est en arrière, la surprise !

Que se passe-t-il de si excitant ? Pourquoi s'énerver pour un jeu de l'ancien temps ? Je la suis sans me presser.

Il faut longer un passage étroit, taillé sous l'escalier qui mène à l'étage. Picolette se serre contre moi. Elle aussi doit flairer un piège. Je rejoins Sandrine qui s'est arrêtée devant une grosse porte à pentures de fer. Elle me gronde presque.

— Cesse de te traîner comme une tortue, Jéri ! Un spectacle

fabuleux t'attend dans la salle, de l'autre côté. Et il n'y a pas de danger pour ta chatte! Raoul est retourné à la clinique. Il doit subir une autre opération pour sa patte, mon pauvre matou. Dépêche-toi, on entre!

Quelle est donc cette histoire? Peut-être a-t-elle remplacé le jeu d'échecs par un autre. J'espère au moins qu'il y aura un filet et une balle…

Deux secondes après, je pénètre dans une pièce décorée d'armures de chevaliers. À côté de la cheminée, une espèce de trappe de fer est plantée dans le mur. Sur le plancher à carreaux, deux armées se font face. Incroyable! Les guerriers ont à peu près la même taille que nous!

— Je te présente l'armée des blancs et l'armée des noirs, déclare

mon amie. En tout, trente-deux combattants!

La coquine a rassemblé des pièces d'échecs presque vivantes. Nous voilà devant des ennemis sur le point de livrer un combat! Le défi paraît captivant. Elle m'a bien eu!

Séparés par quatre cases, une ligne de soldats de chacun des camps fait face à l'autre. En arrière d'eux, de grosses tours se dressent au bout de chaque rangée. Juste à côté d'elles, des chevaliers en uniforme montent la garde. Et au milieu de la même rangée trônent un roi et une reine avec des couronnes flamboyantes! Deux drôles de clowns à la tête craquée leur tiennent compagnie. Mais les soldats ne sont pas d'humeur à rire. Prêts à se battre, ils brandissent leurs épées, la pointe levée.

La scène est si électrisante que Picolette prend la poudre d'escampette ! Encore sous le choc, je demande à Sandrine :

— D'où viennent ces, euh… ces guerriers ?

— Mon grand-père les a sculptés dans du bois, quand il était plus jeune. Il les a peints par la suite. Depuis que papa a rénové la salle, on a assez de place pour jouer avec.

— Ta nouvelle maison m'intrigue ! Je n'en ai jamais vu de pareille.

— Il paraît que c'était le manoir du seigneur de Trois-Castors.

— Un seigneur habitait ici ? Quand ça ?

— Quand les gouverneurs français étaient à la tête du pays. Il y a des centaines d'années. La salle où l'on se trouve servait à exposer des armes. C'est papi qui me l'a expliqué.

À ce moment-là, j'aperçois son grand-père à la casquette de capitaine, de l'autre côté des armées. Il tient un drôle d'instrument de musique dans ses mains. De son fauteuil roulant, il me salue :

— Bienvenue, Jérémie ! Je sonne le cor de chasse et regarde bien la suite : les troupes vont se mettre à défiler !

— Comment…?

Avant que je ne puisse placer un autre mot, le grand-père souffle dans le tuyau doré tournicoté : VVOU-VVOU !

Les lumières de la salle baissent subitement. Sur les carreaux blancs et noirs du plancher, les combattants ont l'air de se réveiller et de s'éloigner ! Est-ce un sortilège ?

LA PARADE ENCHANTÉE

Un miaulement aigu fait écho à l'appel du cor de chasse. Je me précipite hors de la salle.

— Picolette! Viens par ici!

La peureuse est assise au bout du couloir et refuse de bouger. Les soldats l'effraient. Pas de danger qu'elle joue à les éparpiller, comme je l'espérais! Tant pis, je reviens observer le combat sans la minette.

Sauf que sur les carreaux du jeu géant, il n'y a plus personne! Les armées se sont rangées sur les côtés. Le grand-père serait-il magicien? J'entends sa voix basse ordonner aux troupes:

— Les tours, avancez aux quatre coins de l'échiquier! Attention, vous êtes les piliers de la défense.

Les grosses tours glissent deux par deux, droit devant elles, sans s'arrêter en chemin. Une à une, elles occupent bientôt les extrémités du jeu. D'un côté les tours blanches, de l'autre les noires.

Ensuite, les chevaliers sont appelés au combat.

— Cavaliers, deux pas en avant et un sur le côté! Vous seuls avez le pouvoir de sauter par-dessus les autres. Profitez-en pendant la bataille!

Les chevaliers font trotter leur monture en une sorte de «L» majuscule. Chacun se poste près d'une tour de la même couleur que lui. À peine sont-ils installés que deux clowns blancs se mettent à courir tout croche sur le plancher!

— Du calme, les fous blancs! gronde le commandant. Attendez les ordres!

Les clowns à tête fendue se figent un instant, puis gigotent sur place. Sur les côtés, on dirait que les soldats noirs s'impatientent. Vont-ils se lancer à l'attaque? Par chance, la consigne arrive.

— Les fous, pas de bêtises! Allez prendre place près des cavaliers de votre couleur, en ligne diagonale.

Sans s'énerver cette fois, chaque fou blanc exécute sa parade en travers, jusqu'à son cavalier. Les noirs font de même en pressant le pas. Puis d'un ton radouci, le papi appelle les reines.

— Mesdames, tous les chemins vous appartiennent ! Rendez-vous

à votre trône par n'importe quelle voie.

La reine blanche se dirige vers un fauteuil luisant, peint sur une case de la première rangée. Elle glisse devant, à gauche ou à droite avec un sens de la direction très précis. Puis la reine noire rejoint sa ligne de combat, à l'autre bout du champ de bataille. Aussi vive que la blanche, elle file jusqu'à son trône en un rien de temps. Hum! Ces dames royales ont du caractère!

— Place aux rois! clame ensuite le papi.

Avec majesté, les rois marchent un pas à la fois sur les cases. Ils se dirigent vers leur fauteuil royal, à côté de celui de la reine. Dès qu'ils sont enfin sur leur trône, le grand-père convoque les soldats:

— Pions, préparez-vous à l'attaque! Au son de la fanfare, tous en ligne devant votre roi!

De la musique entraînante retentit et les soldats défilent un à un sur le plancher à carreaux. J'ai un plaisir monstre à les regarder! On dirait une vraie parade militaire. Il ne manque que des flambeaux!

Quand le dernier soldat s'est rangé, la musique cesse. Trop curieuse pour rester en arrière, Picolette vient finalement me retrouver. Je la prends sur mon épaule, encore fasciné par le spectacle.

Les armées sont de nouveau face à face. La tension monte, le combat est proche.

Soudain, un éclat de rire traverse la salle comme une volée de clochettes. Qu'est-ce que ça veut dire?

4

UN DRAME CACHÉ

La lumière revient dans la salle. J'aperçois une tête ébouriffée non loin du grand-père : Sandrine!

— Pourquoi ris-tu comme ça?

Elle rit encore et tout d'un coup, je comprends : c'est elle qui a fait bouger les guerriers dans la semi-noirceur! J'étais tellement pris par le spectacle que je l'avais oubliée.

Ma copine s'est glissée derrière les pièces géantes du jeu sur le plancher et leur a donné vie!

C'est elle qui a fait jouer la musique de fanfare, en plus. La preuve: un système de son est encore allumé près d'elle. Je la rejoins en trois bonds.

— Vous m'en avez joué tout un tour, ton grand-père et toi!

— On a réussi parce que les pièces du jeu d'échecs t'ont envoûté!

—Euh… peut-être celles-là. Mais les autres, les normales, je les trouve ennuyantes!

Le grand-père réagit avec force.

—Erreur, mon garçon! Même avec de pauvres habits, les pièces peuvent jouer des rôles fascinants. Tu sais, Jérémie, c'est un jeu qui aurait été inventé pour amuser un roi.

— Quel roi?

— Un roi qui régnait en Inde au 6e siècle, c'est-à-dire il y a fort longtemps. Depuis cette époque, beaucoup de rois et de princes ont eu du plaisir à jouer aux échecs. C'est un jeu royal!

— Mais pourquoi est-ce qu'on parle «d'échecs»? Je trouve ça moche pour un jeu de rois.

— Pas du tout! Le but, c'est de capturer le roi ennemi par des mises en échec.

— Comme au hockey?

— Presque! Tout le jeu repose sur des stratégies.

— Ça demande des tactiques spéciales?

— Sans arrêt!

Tiens, ça devient plus attirant. Quand même, on a le temps de s'endormir cent fois avant que les pièces avancent! Comme s'il avait lu dans ma tête, le grand-père ajoute :

— Aux échecs, c'est la cervelle qui bouge vite ! Le défi, c'est de mijoter des coups pour arriver à mater le roi de l'autre camp. Il faut le mettre hors combat, tu comprends ?

— Moi, j'adore fabriquer des complots ! réplique Sandrine. Est-ce que les princesses de l'ancien temps jouaient aussi aux échecs ?

— Toi, tu es ma championne ! Mais autrefois, seuls les hommes disputaient des matches. Sauf qu'ici, dans ce vieux manoir, une dame semble avoir joué aux échecs...

— C'est vrai, papi ?

— Peut-être bien : allez examiner le dessin sur le mur, près du four à pain !

Sandrine court aussitôt se planter à côté de la trappe en fer, non loin de la cheminée. J'arrive deux secondes après avec Picolette. Pas de chance! Une fois devant le mur en question, rien n'apparaît. On n'y voit qu'une tapisserie fleurie, traversée de lignes bleues.

— C'est à moitié effacé, papi! constate Sandrine, déçue.

— Attendez-moi! Je vais éclairer le tracé. J'ai découvert le dessin de la dame seulement hier. Peut-être qu'il ressort juste quand un rayon de lumière vient le frapper. Comme si c'était un secret!

En effet, les traits de plume se perdent dans le papier peint. Mais dès que le grand-père vient éclairer la tapisserie avec une lampe de poche, une scène se précise. On aperçoit une personne bien habillée, assise devant un jeu d'échecs posé sur un petit banc. Sandrine s'exclame alors :

— C'est une jeune fille qui joue, pas une dame ! Je lui donnerais douze ou treize ans. Tu as mal vu, papi !

— Avec mes yeux usés, c'est bien possible.

— En plus, la partie est commencée ! Une reine et des fous sont sortis.

Je ne connais pas grand-chose aux échecs. J'ajoute quand même :

— On dirait qu'un chevalier est allé prendre l'air du côté de la reine !

— Passionnant ! s'écrie le grand-père. Ça veut dire qu'un drame se prépare ! Les enfants, allez placer nos guerriers sur les carreaux du plancher comme dans le match dessiné sur le mur.

— Pourquoi donc? demande Sandrine.

— Parce que les pièces vont peut-être nous apprendre des secrets à propos de la joueuse d'échecs.

Anna, la gardienne, s'est approchée sans bruit. Elle touche l'épaule du grand-père en disant:

— Monsieur Gilles, c'est l'heure de manger!

— Déjà? Ma très chère Anna, impossible de bouger d'ici! On doit résoudre un mystère.

— Quel mystère?

— Celui d'une demoiselle qui a déjà vécu dans notre manoir.

— Quand ça?

— Il y a plus de deux siècles! Une affaire très suspecte. Apportez-nous des sandwiches et des jus, Anna. On va pique-niquer en jouant aux échecs. Le jeu pourrait nous révéler une histoire passionnante.

Moi, je suis déboussolé : est-ce qu'un match d'échecs peut raconter une vraie histoire ?

5

LA BATAILLE

Sandrine n'a pas perdu de temps.
Elle est déjà auprès des armées,
prête pour la bataille sur le plancher.

— Regarde, Jéri! J'ai posé un
pion blanc et un pion noir face à
face, à deux rangées de leur roi,
comme sur le dessin.

— Ils vont se battre?

— Les pions peuvent attaquer seulement en diagonale. Pour l'instant, ils se menacent. Après, il faut bouger les fous.

— Tu as retenu tout le dessin ?

— Non, mais la marche des fous est bizarre ! réplique Sandrine. Ça aide à s'en souvenir. Et voilà un fou blanc qui s'élance de travers sur les carreaux blancs ! Regarde, il va défier un pion noir près du roi.

— Ah, il faut que les noirs se défendent !

— En plein ça ! Fais avancer un fou noir jusque devant le fou blanc.

Je glisse la pièce le long du couloir oblique. La voie est libre. J'aurais envie d'avancer plus loin.

— Si j'allais jusqu'au bout ?

Le grand-père s'oppose aussitôt :

— Tu oublies que vous copiez un match, Jérémie ! Quelqu'un

d'autre a pris les décisions. Et si le fou se rendait au bout de la ligne, il se ferait attaquer par un pion blanc. Tu te rappelles la suite sur le mur ?

— Ah oui, le fameux cavalier et la reine…

— Voilà ! Allez encore examiner le dessin. Il ne faut pas commettre d'erreur en plaçant les pièces. Observez l'ensemble de la scène aussi ! Ça peut nous donner d'autres indices sur la bataille.

Vite, retour au dessin dans la tapisserie ! Sandrine emprunte la lampe de poche à son papi. À deux, nous essayons de mieux saisir l'action. La jeune fille est placée de côté et son adversaire est invisible. On distingue à peine les doigts de sa main droite, posés près du roi noir.

Par contre, sur le jeu, la position des pièces est claire et nette : une reine semble défier tout le monde !

—Là, j'ai compris ! s'exclame Sandrine. On revient à nos armées...

Dès qu'elle arrive près du jeu géant sur le plancher, mon amie s'empare de la reine blanche et la glisse le long de la ligne blanche diagonale.

—Tu vois, Jéri, la reine blanche vient défier le même pion noir que le fou blanc. À présent, le soldat qui protège le roi noir est menacé par deux ennemis ! Qu'est-ce que tu vas jouer ?

—J'arrive au secours avec le cavalier noir !

—Bravo ! approuve ma copine. Tu sais comment il avance ?

Le cavalier, c'est mon guerrier préféré. Je le fais galoper par-dessus un pion, puis tourner à

gauche sur une case. Le voilà au poste dessiné sur le mur! De là, il peut attaquer la reine blanche. Ça, j'aime bien…

— Et après? demande le grand-père avec un sourire moqueur.

— Échec au roi! crie Sandrine en lançant la reine à l'assaut du pion noir près du roi.

Évidemment, le roi noir n'a plus de place où se sauver. Et moi qui croyais le cavalier en bonne position! Je ne peux m'empêcher de marmonner:

— Je déteste perdre une partie!

— Voyons, ce n'est pas toi qui as perdu! corrige Sandrine. C'est la joueuse qu'on ne voit pas. Elle a mal placé les pièces. C'est sa faute à elle.

Je soupire de soulagement. Mais le papi semble préoccupé. Il questionne encore mon amie:

— Es-tu sûre que c'est une fille, l'adversaire de la demoiselle qui gagne ?

— Euh, non…

— C'est très important de le savoir. Si la scène a été à moitié camouflée, c'est peut-être parce que la demoiselle jouait en cachette. Imaginez si l'autre personne était un garçon ? Ça pourrait changer le sens du dessin dans la tapisserie. Allons revoir ça de près, tous les trois !

Hum ! Ça devient super intrigant. Qui est donc l'adversaire de la demoiselle dessinée sur le mur ?

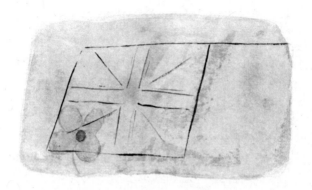

6

LE PERSONNAGE INVISIBLE

Devant la tapisserie, Sandrine et moi suivons à la trace les moindres détails du dessin. Le papi éclaire cette fois le mur avec un projecteur. De nouveaux détails apparaissent.

— Les doigts de la personne qui joue avec les pièces noires sont plus gros que ceux de la fille, remarque soudain Sandrine. Papi, ça doit être un garçon!

— Attention, dit-il. Il pourrait aussi s'agir d'un adulte.

— Non, non! insiste mon amie. Les doigts sont quand même minces. Ils pourraient appartenir à un jeune garçon.

J'aperçois tout à coup un morceau de tissu dessiné à terre, près

du banc. Un bâton semble le retenir. Oh! je sais ce que c'est!

— Il y a un bout de drapeau dans le dessin!

— S'il y a un drapeau, l'adversaire est probablement un soldat! Donc un garçon, déduit le grand-père. Grand merci, Jérémie!

Des pas impatients nous font sursauter. La gardienne est de retour.

— Écoutez, monsieur Gilles! supplie-t-elle. Ça fait au moins dix minutes que votre pique-nique attend!

— On arrive dans cinq secondes, Anna. Excusez-nous! On vient de découvrir le nœud de l'histoire. Il faut trouver la suite.

— Prenez le temps de manger avant. Pensez à votre santé!

— Promis!

Le grand-père semble heureux au max! Sa figure rayonne. Je suis certain qu'il ne court aucun danger. D'ailleurs, dès qu'Anna s'en est allée, il éclaire de nouveau le dessin et me demande:

— Ouvre encore une fois ton œil de lynx, Jérémie: sur le drapeau, vois-tu quelque chose?

Je me rapproche du dessin et soudain, je décèle des lignes.

— Il pourrait y avoir une sorte de croix…

— Un drapeau anglais! lance le papi. Épatant! Je m'en doutais. Venez manger, à présent! On a tous les éléments pour débrouiller cette affaire de joueuse d'échecs et de soldat anglais.

Eh bien, il comprend vite, le capitaine! Moi, je suis tout mêlé. Que faisait ce soldat dans le manoir, il y a deux siècles ? Pourquoi s'est-il fait battre aux échecs ?

Pour l'instant, le plateau de sandwiches et de légumes posé sur une table à roulettes l'emporte sur le mystère. J'atterris le premier devant le festin, suivi de Sandrine et de son grand-père. Avant de se servir, le vieil homme affirme joyeusement :

— Les enfants, grâce à la finesse d'une demoiselle, on a découvert un grand secret.

— S'il te plaît, papi, raconte ! supplie Sandrine.

7

LE SECRET DE LA
DEMOISELLE DU MANOIR

Le grand-père est plongé dans une sorte de rêve. L'esprit ailleurs, il ne parle plus. Sandrine et moi avalons quelques bouchées, pas mal frustrés. Nous aussi, on brûle de connaître le secret!

— Papi, réveille-toi! s'écrie Sandrine. On veut tout savoir.

— Je réfléchissais à l'histoire du manoir, reprend le grand-père. Il y a très longtemps, un drame épouvantable est survenu ici. Des vieux papiers rapportent que le seigneur de Trois-Castors avait deux enfants, une fille et un garçon. L'aînée, appelée Clémence, était jolie et brillante. Mais à l'âge de treize ans, elle a subitement disparu!

— On ne l'a jamais retrouvée?

— Non, Sandrine, jamais. Plus tard, c'est son frère Antoine qui a hérité du manoir. Et l'année de la disparition de Clémence, la guerre entre les Anglais et les Français venait de finir au Canada. Beaucoup de soldats anglais circulaient un peu partout. Puis voilà que le dessin caché nous apprend qu'un soldat anglais a joué aux échecs ici, dans la salle d'armes. Avec qui jouait-il, pensez-vous?

— Avec Clémence! lance-t-on d'une seule voix, Sandrine et moi.

Une idée effrayante me traverse l'esprit.

— Le soldat l'a peut-être kidnappée après la partie!

— Jérémie, tu vas trop vite! poursuit le grand-père. On connaît maintenant les joueurs. Mais la position des pièces du jeu d'échecs nous livre un autre message. Qu'est-ce que la reine blanche, appelée aussi la dame, nous apprend?

— Qu'elle est puissante! suggère Sandrine.

— Autre chose, Jérémie?

— Qu'elle se moque du défi du chevalier noir.

— Excellent! approuve le papi. Supposons à présent que la dame et le cavalier du dessin représentent des personnages du manoir.

La dame blanche pourrait être la mère de Clémence. Qui serait alors le cavalier noir ?

— Hum… Le soldat anglais au drapeau.

— Bien dit, Jérémie ! Le pauvre, il reçoit tout un affront au jeu. Et dans la vraie vie, ça voudrait dire quoi pour lui ?

Mon amie se lève et observe en silence les pièces disposées sur les carreaux du plancher. Elle pirouette ensuite vers nous.

— Ça veut dire que la mère était la plus forte et qu'elle a mis le cavalier de Clémence dehors !

— Bien compris, ma petite-fille ! applaudit le grand-père.

— Mais Clémence, où est-elle sur le jeu, papi ?

— Peut-être qu'elle n'y est pas, à moins que… Allez donc revoir le dessin du match et cette fois, concentrez-vous sur les pions.

Les pions? Ça veut dire les soldats. Qu'est-ce qu'il s'imagine encore, le grand-père?

Sandrine tient le projecteur, tandis que je suis avec un doigt la rangée des pions blancs. Après trente secondes, j'annonce d'un ton plat:

— Rien de particulier chez les blancs!

— Continuez, continuez, les enfants…

Je poursuis mon inspection dans la rangée des pions noirs. J'arrive au bout sans avoir trouvé d'indice.

— Rien non plus! Et le dernier pion à droite est presque tout caché dans la tapisserie. Au point qu'il a l'air de porter une fleur rose sur son armure!

—Une fleur rose? reprend Sandrine qui s'approche. Jéri, la fleur du soldat pend du côté du cavalier noir qui a défié la reine! Tu ne penses pas que…

—Clémence s'est déguisée en soldat noir!

Tout à coup, cette sombre affaire s'éclaircit! Costumée en soldat, Clémence a fait signe à son cavalier en portant une rose. Puis après, il l'a emmenée avec lui! Voilà pourquoi la demoiselle a disparu du manoir à tout jamais.

Surexcitée, mon amie danse avec le projecteur en chantant:

— Tra-la-la, Clémence s'est sauvée, tra-la-la, Clémence s'est sauvée avec son beau cavalier!

Le grand-père rit de bon cœur. Il nous confie:

— Sans doute est-ce la vérité. Mais je me demande qui est l'auteur de ce dessin génial sur le mur.

Tiens, je n'avais pas songé à ça. Qui a dessiné le match d'échecs dans la tapisserie fleurie?

8

LES PETITES FOLIES
DE PICOLETTE

Je viens me planter devant le grand-père. Il réfléchit à haute voix, une main sur le menton.

— C'est quelqu'un qui dessinait bien et qui savait jouer aux échecs.

— Peut-être le frère de Clémence…

— Antoine? Il était trop jeune, affirme le papi. Le match illustré correspond au « Coup du berger », avec une légère variante. C'est une stratégie de débutant, mais l'idée de la reproduire dans la tapisserie est très habile. Trop pour un gamin.

— Antoine pourrait avoir dessiné la scène quand il est devenu propriétaire du manoir.

— C'est une piste intéressante, Jérémie. Mais le mur a été recouvert de briques, dès l'année suivante. C'est le papa de Sandrine qui a remis la salle dans son état ancien. Il faut trouver un autre artiste.

Durant ce temps, mon amie a enlevé une fleur de sa couronne de princesse. Elle l'a collée à l'épaule du soldat noir qui représente Clémence sur le jeu géant. Avec un grand sourire, elle nous annonce à présent :

— Moi, je sais qui a fait le dessin : Clémence elle-même ! Je suis certaine qu'elle était habile sur toute la ligne. Elle a raconté son histoire d'amour dans un match d'échecs inventé ! C'était une sorte de message pour ses parents. Peut-être pour diminuer leur chagrin de l'avoir perdue.

— Fort possible, appuie le grand-père. J'ai lu dans l'histoire de la famille qu'elle était une jeune fille brillante. Mais…

Un tintamarre attire soudain notre attention du côté du four à pain.

Un sorte de « cling-cling-cling » ! Juste sous le dessin dans la tapisserie, en plus. S'il y avait un fantôme caché là ?

Je m'élance droit vers le mur avec Sandrine. Elle pousse sur le morceau de tapisserie derrière lequel viennent les sons : un carré de mur bouge et… Picolette apparaît !

— Papi ! La chatte joue avec des pièces d'échecs ! CELLES DE CLÉMENCE !

— Montrez-moi ça ! lance-t-il en roulant son fauteuil vers nous.

Je soulève Picolette d'une main et attrape trois pièces de l'autre. Je les remets vivement au grand-père.

— Quelles belles pièces anciennes ! s'exclame-t-il. La reine blanche, un cavalier noir et un pion noir : comme dans l'histoire ! Est-ce qu'il y en a d'autres ?

— C'est tout, répond Sandrine en passant ses doigts dans le cagibi

secret. Oh! Attendez! Il y a un petit anneau coincé dans une fente. C'est une bague avec une perle dessus! Puis je vois une lettre gravée derrière l'anneau : un « C » !

— « C » comme Clémence! s'écrie-t-on tous ensemble.

Pour un coup de théâtre, c'en est tout un! Guédi-hop! Je galope au travers de la salle comme un cavalier. Quelle belle histoire d'amour!

Dans son fauteuil roulant, le grand-père s'éponge le front, tant il est ému. Sandrine accourt lui présenter la bague qu'elle a réussi à dégager.

— Voici la preuve que la demoiselle Clémence a joué aux échecs ici, déclare-t-il. Elle nous a laissé sa signature!

Je reviens auprès d'eux admirer la petite bague. Une question trotte encore dans ma tête à propos du dessin.

—Quand donc Clémence a-t-elle dessiné le match dans la tapisserie ? Si elle s'est sauvée…

—Peut-être plusieurs jours avant sa fugue, propose le grand-père. Quelqu'un a dû lui prêter un costume de soldat anglais. Ensuite, elle a attendu son amoureux pour s'enfuir. Ce qui lui a donné le temps de tracer son dessin. Si c'est vraiment elle qui l'a exécuté !

—Oui, oui, c'est Clémence ! insiste Sandrine. Et c'est papa, avec ses rénovations, qui a permis de découvrir son secret.

—Mais sans Picolette, les pièces et la bague seraient encore dans leur cachette !

— Merci, Jéri! C'est ta visite qui a tout déclenché. On a joué une partie d'échecs sensationnelle!
Moi, jouer aux échecs?

9

LE CHEVALIER
ET LA PRINCESSE

Sans m'en rendre compte, je me suis lancé dans un match d'échecs! En tout cas, je ne me suis pas ennuyé un instant. Trop fier pour l'avouer, je leur sers une autre explication:

— C'était amusant parce que les pièces étaient des vrais personnages d'histoire.

À ma surprise, ma copine enchaîne :

— Nous aussi, on pourrait inventer une histoire avec les pièces d'échecs géantes. Toi, tu serais mon cavalier et papi, mon roi !

Ébloui par le mot « cavalier », je réplique aussitôt :

— Toi, tu serais ma princesse déguisée en soldat !

Le papi roi s'objecte en riant :

— Ah non ! Tu ne vas pas faire disparaître ta demoiselle comme le cavalier de Clémence !

— Pas de danger pour aujourd'hui ! le rassure Sandrine. J'entends l'auto de son père ! Viens, Jéri ! Il faut aller le retrouver.

Dommage de partir. On aurait pu s'amuser encore.

Après avoir embrassé le grand-père, je bondis sur les traces de ma princesse. Avant de la quitter, je lui fais un gros câlin.

— Un jour, je serai ton chevalier pour de vrai, pas juste aux échecs ! D'accord ?

Sandrine me souffle sa réponse à l'oreille avec des mots au parfum de miel. Mais le klaxon de la voiture de papa sonne le départ.

Je m'éloigne du manoir avec un nouveau secret. Celui-là, je ne vais le répéter à personne, sinon à Picolette. Et sûrement pas à l'autre roi qui trône derrière son volant !

J'atterris d'un saut dans la voiture. Papa me regarde de côté.

— Bonjour, Jérémie. Tu es rouge de plaisir, je savais bien que ça te plairait, les échecs !

Je lui laisse la victoire. Moi j'ai gagné une promesse! Comme un vrai chevalier…

LES PIÈCES
DU JEU D'ÉCHECS

Le **pion** se déplace d'une case à la fois et droit devant lui. La première fois qu'il se déplace seulement, il peut avancer de deux cases. Sa spécialité : il attaque en diagonale. Sa faiblesse : il ne peut pas reculer.

La **tour** se déplace droit sur sa rangée, à la verticale ou à l'horizontale. Elle peut franchir toutes les cases libres sur son parcours.

Le **fou** se déplace toujours en diagonale. Il peut franchir toutes les cases libres de la couleur de sa case de départ.

Le **cavalier** se déplace en formant un « L ». Il fait deux pas sur le côté et un pas vers le haut ou le bas, ou bien il fait deux pas vers le haut ou le bas et un pas de côté. C'est la seule pièce du jeu d'échecs à pouvoir passer par-dessus une case occupée par une autre.

La **dame** (aussi appelée la reine) se déplace dans toutes les directions. Elle peut avancer à l'horizontale, à la verticale ou en diagonale et franchir toutes les cases libres sur son parcours.

Le **roi** se déplace d'une case à la fois. Il peut avancer dans toutes les directions, pourvu que la case choisie soit libre. S'il se fait capturer, le match prend fin.

TABLE DES MATIÈRES

Louise-Michelle Sauriol

Louise-Michelle Sauriol a publié plus d'une trentaine de livres pour les jeunes. En plus de lire et d'écrire, elle aime aussi beaucoup voyager. Découvrir les moulins à vent, les vieilles maisons et leur histoire la passionne. Dans ce roman, elle a entraîné Jérémie, Sandrine et Picolette dans un manoir ancien, rempli de mystères. Avec ses héros, elle a même appris à jouer aux échecs pour résoudre une énigme! Un défi bien agréable qu'elle partage à présent avec ses lecteurs.

Collection Sésame

Ce livre a été imprimé
sur du papier enviro 100 % recyclé.

Nombre d'arbres sauvés : 2

Ensemble, tournons la page sur le gaspillage.